AF395192

Cette pièce est déclarée à la Société des Auteurs
et Compositeurs dramatiques
PARIS. — 8, rue Hippolyte-Lebas. — PARIS
(Inscrite aux Beaux-Arts sous le N° 3681)

La Traite des Blancs

COMÉDIE-BOUFFE EN UN ACTE

DE

Raphaël PARAULT

Prix : UN Franc

A. RÉTY, imprimeur-éditeur
A Meulan (Seine-et-Oise)
En dépôt chez l'auteur, 71, rue Doudeauville, Paris

LA TRAITE DES BLANCS

Comédie-bouffe en un acte

Représentée pour la première fois à Paris, au concert de *La Sirène*

Direction : FORET. — Régisseur : CLAUDIUS

PERSONNAGES & DISTRIBUTION

EUSÈBE DE COURLATUNE......................	MM. BRÉVANNES
PÉPIN, *valet de chambre*......................	CLAUDIUS
TRIPANETTE, *charcutier*	LUIGI - DONA
PHRYLAR-OUSSY, *chef indien*	PETITBON
LE COMTE DE MONTARDIF......................	RICHARD
PREMIER INDIEN............................	MAURICE
DEUXIÈME INDIEN	MARGERY
CHIPOLATA *fille de Tripanette*................	Mmes DORALYS
RABY-GONETH, *indienne*......................	GERVILLE
LYMA-BOUFBOUF, *indienne*...................	GAUTIER
NUNU-GRYMPAR, *indienne*...................	LEDUC

Un salon : Une chaise et une table pour tout ameublement

SCÈNE PREMIÈRE

PÉPIN, EUSÈBE

(Au lever du rideau, Pépin est assis, la tête renversée en arrière, les yeux fermés ; il ronfle fortement).

EUSÈBE, *(entrant de gauche)*. — Pépin ! *(Il s'arrête et le contemple un instant)*. Pépin ! *(Pépin ronfle encore plus fort. Eusèbe à part)*. C'est égal, je peux dire que j'ai un valet de chambre qui a du cœur à l'ouvrage *(Il lui frappe fortement sur l'épaule)*.

Pépin (*sursautant et courant à toutes les portes*). — Voilà ! Voilà !... Monsieur le vicomte a frappé ?

Eusèbe. — Est-il venu quelqu'un pendant mon absence ?

Pépin (*se frottant les yeux*). — Oui, deux nouveaux créanciers et trois garçons de banque, porteurs de traites.

Eusèbe. — J'espère que tu les as bien reçus ?

Pépin. — Comme d'habitude : Je les ai mis à la porte.

Eusèbe. — Très bien, tu es un précieux serviteur... Que dis-je ? tu n'es pas un serviteur pour moi, tu es un ami !

Pépin. — Ça c'est vrai que je ne suis pas le domestique de monsieur le vicomte, puisqu'il ne m'a jamais payé mes gages.

Eusèbe. — Justement, j'ai à te parler à ce sujet-là (*Il s'assied*). Assieds-toi.

Pépin (*regardant autour de lui*). — Monsieur le vicomte oublie sans doute que j'ai vendu hier son avant-dernière chaise.

Eusèbe. — Assieds-toi, te dis-je !

Pépin (*s'asseyant à terre*). — Aux ordres de monsieur le vicomte.

Eusèbe. — Tu sauras donc que, grâce à l'agence matrimoniale Colasecq et Cⁱᵉ, j'ai enfin trouvé la riche héritière qui paiera mes dettes.

Pépin (*se relevant*). — Ah ! mon Dieu ! que la riche héritière soit bénie !

Eusèbe. — Et la signature du contrat aura lieu cette après-midi.

Pépin. — J'en félicite monsieur le vicomte.

Eusèbe. — Il n'y a pas de quoi, car si j'épouse une jeune fille qui a 500,000 fr. de dot, elle a pour père un charcutier, et elle est affligée d'un nom à faire frémir les mânes de mes ancêtres ! Elle s'appelle...

Pépin (*prêtant l'oreille*). — Elle s'appelle.

Eusèbe. — Chipolata Tripanette !

Pépin. — Chipolata Tripanette ! Eh bien, c'est drôle, moi je trouve que c'est un nom épatant !

Eusèbe. — Tu n'es qu'un imbécile... En attendant, sers-moi à déjeuner, j'ai une faim de tous les diables.

Pépin. — Monsieur le vicomte oublie encore que nous avons eu l'honneur, ce matin, de manger ensemble nos deux derniers petits pains.

Eusèbe. — Eh bien, vends quelque chose et renouvelle les provisions.

Pépin. — Impossible, nous ne possédons plus que ce que nous avons sur le dos.

Eusèbe. — Je ne peux pourtant pas mourir de faim à la veille de mon mariage ! Allons, aux grands maux, les grands remèdes ! Déshabille-toi.

Pépin (*ahuri*). S'il vous plaît ?

Eusèbe. — Déshabille- toi, je te dis! Et vivement. (*Il se dévêt lui-même*).

Pépin (*se dévêtant*). — (*A part*). Ah çà ! est-ce qu'il aurait l'idée de se tailler un bifteach dans mon anatomie ! (*Remarquant qu'Eusèbe se déshabille*. Comment, monsieur le vicomte se déshabille aussi ?

Eusèbe. — Ne t'occupe pas de moi. (*Lui présentant ses effets*). Endosse-moi ces vêtements-là.

Pépin. — Hein ! moi entrer dans le pantalon de monsieur le vicomte !

Eusèbe. — Allons, allons, n'aie pas peur. Je n'ai pas la tuberculose.

Pépin (*prenant vivement les effets d'Eusèbe*). — Monsieur le vicomte me fait vraiment trop d'honneur... Moi, un pauvre valet de chambre, enfiler des affaires pareilles !... *En prenant le pantalon, il fait une chute*).

Eusèbe. — Mais dépêche-toi donc !... Tiens, les bretelles qui pendent... Relève-les donc, animal ! (*Il l'aide à s'habiller.*

PÉPIN. — Décidément, monsieur le vicomte m'honore ! .... N'empêche que je ne comprends pas. ....

EUSÈBE. — Voilà : tu vas prendre tes effets, courir au Temple et les vendre le plus cher possible.

PÉPIN. — Et après ?

EUSÈBE. — Après, tu en achèteras d'autres à meilleur compte pour les remplacer. Et, avec le bénéfice, nous aurons toujours de quoi déjeuner.

PÉPIN. — Ce n'est pas pour dire, mais monsieur le vicomte est moins bête que moi.

EUSÈBE. — Allons, allons, fiche-moi le camp. (*Pépin sort par le fond, emportant ses effets*).

SCÈNE II

EUSÈBE (*seul*)

Ah ! monsieur Tripanette, vous avez de la chance que j'en sois réduit à une misère pareille, car je veux que le diable fasse de moi de la chair à saucisses, si votre Chipolata fût devenue vicomtesse !... S'il me restait seulement un ami à taper, un parent à apitoyer... mais non, tous y ont passé... J'ai bien encore le comte de Montardif, un grand oncle qui est en même temps mon parrain ; mais voilà dix ans qu'il est parti en voyage et personne n'en a jamais entendu parler. Allons, c'est bien irrévocable, j'épouserai Mademoiselle Chipolata Tripanette. (*On entend frapper à la porte du fond*). Tiens, voilà déjà Pépin... (*Il va ouvrir, puis reculant stupéfait*). Erreur et stupéfaction ! c'est elle ! c'est elle ! (*Il se drape avec le tapis de la table et se tient derrière celle-ci*).

SCÈNE III

LE MÊME, CHIPOLATA

CHIPOLATA (*mise élégante, allure dégagée, entrant du fond*). — Comment, monsieur le vicomte, c'est vous qui venez ouvrir dans une tenue pareille!... Vous n'avez donc pas de domestiques ?

EUSÈBE. — Si, si, mademoiselle, j'ai un domestique... J'ai de nombreux domestiques, seulement, je... voilà, j'allais prendre un bain, alors... vous comprenez, pour prendre un bain, je... (*A part*) Ce que je barbotte dans la baignoire !

CHIPOLATA. — Prenez donc le temps de vous rhabiller, je vous prie...

EUSÈBE. — Non, non, inutile, je... (*A part*). Je ne peux pas lui dire que j'ai prêté mes effets à Pépin et que je n'en ai pas d'autres !

CHIPOLATA (*ironique*). — A moins que vous ne préfériez me faire les honneurs de votre salle de bains.

EUSÈBE (*interdit*). — Ma salle de bains... Impossible je... Tout est en réparation... Mon appareil hydrothérapique ne fonctionne pas en ce moment. (*Jeux de scène avec le tapis*).

CHIPOLATA. — Alors, vous tenez absolument à conserver ce costume avec moi ?

EUSÈBE. — Oui, oui... C'est à dire que... (*A part*). Ah ! aïe ! aïe ! Quelle situation !

CHIPOLATA (*s'asseyant*). — Eh bien soit. Vous devez voir du reste, que je ne m'effarouche pas pour si peu... Cela tient à l'éducation que j'ai reçue. Mon père, ayant fait fortune dans les porcs salés d'Amérique, ne pouvait faire autrement que de m'élever à l'américaine.

EUSÈBE. — Parfaitement, parfaitement.

CHIPOLATA. — Mais, asseyez-vous donc, nous allons causer d'autre chose.

Eusèbe. — Non, je resterai debout, l'honneur sera encore pour moi. (*Comme Chipolata regarde tout autour d'elle*). Ah! oui, vous remarquez qu'il n'y a pas de chaises. C'est... par suite des réparations. Tous les meubles sont dans une autre pièce ... Vous comprenez, la peinture à l'huile, ça tache, ça... (*A part*). Voilà que je barbotte dans la peinture, maintenant !

Chipolata. — Allons, monsieur le vicomte de Courlatune, trève de plaisanterie. Parlons sérieusement.

Eusèbe. — Je vous assure, mademoiselle, que je n'ai pas envie de plaisanter.

Chipolata. — Alors, écoutez-moi... Je savais pertinemment, en venant ici, que vous étiez ruiné, et qui plus est, criblé de dettes.

Eusèbe. — Ah ! mais pardon, je...

Chipolata. — Je sais également que ce n'est pas moi que vous épousez surtout, c'est ma dot.

Eusèbe. — Mademoiselle, je vous proteste...

Chipolata. — Ne protestez pas. Dans le cas contraire, je n'aurais pas la condescendance de vous accorder ma main.

Eusèbe. — La condescendance ! Mais, mademoiselle, vous oubliez que j'ai un nom qui remonte aux Croisés.

Chipolata. — Remonterait-il aux lucarnes, que cela ne vous grandirait pas à mes yeux.

Eusèbe. — Vous admettrez toujours que j'ai un titre de noblesse !

Chipolata. — Oui, mais pas un titre de rente.

Eusèbe (*se drapant majestueusement*). — Enfin, j'ai un blason ! Je suis gentilhomme !

Chipolata. — D'accord. Seulement, prenez la balance de la considération ; mettez d'un côté M. le vicomte Eusèbe de Courlatune avec 100,000 francs de dettes, et de l'autre Mlle Chipolata Tripanette avec 500,000 francs de dot. Vous me direz lequel emportera.

EUSÈBE. — Je ne dis pas que...

CHIPOLATA. — ... Donc je vous épouse, d'abord parce que je ne vous aime pas, et ensuite parce que le service que je vous rends me permets de vous imposer mes volontés.

EUSÈBE. — Vos volontés ?

CHIPOLATA. — Les voici : Je paierai vos dettes.

EUSÈBE (*avec élan*). — Ah ! mademoiselle, que votre volonté soit faite !

CHIPOLATA. — Je vous donnerai 1,000 francs par mois pour le jeu et les femmes.

EUSÈBE (*accentuant son élan*). — Ah ! mademoiselle, vous êtes un ange de générosité, de dévouement et d'amour !

CHIPOLATA. — Vous ne partagerez pas ma couche.

EUSÈBE (*même jeu*). — Ah ! mademoiselle !... (*Se reprenant*). Hein ! je ne partagerai pas votre couche !... mais... un nom comme le mien ne doit pourtant pas s'éteindre faute de descendants !

CHIPOLATA. — C'est un soin qui me regarde.

EUSÈBE. — Comment !... Alors vous comptez vous adresser à d'autres pour le petit soin en question ?

CHIPOLATA. — Que votre dignité n'en subisse aucune atteinte : Je ne descendrai pas au-dessous d'un charcu-tier !

EUSÈBE. — Eh bien, je regrette, mais je ne marche pas pour la combinaison !

CHIPOLATA. — Alors, monsieur le vicomte, j'ai bien l'honneur... (*Elle se dirige vers la porte du fond*).

EUSÈBE (*la retenant*). — Non, non, écoutez, ma petite Chipolata, écoutez, je.. je marche... seulement vous me donnerez 1,500 francs par mois. Vous comprenez, 50 francs par jour, ça fait un compte.

CHIPOLATA. — Impossible, vous n'êtes qu'un vicomte.

EUSÈBE. — Si, si, en dédommagement, je vous permets de... descendre et monter *ad libitum* la gamme du corniflage.

CHIPOLATA. — Allons, vous connaissez le système des compensations... Topez là, vous êtes mon homme ! (*Elle lui tend la main*).

EUSÈBE (*l'embrassant*). — Ah ! Chipolata ! Vous êtes une femme charmante, adorable, sublime ! (*A part*). Qu'est-ce qu'on ne dirait pas pour 50 francs par jour !

CHIPOLATA. — Trève de compliments. La signature du contrat a lieu dans une heure chez mon père. Soyez exact. (*Elle va vers la porte*).

TRIPANETTE (*à la cantonade*). — Y a-t-il du monde, ici ?

CHIPOLATA. — La voix de mon père !... Je me moque un peu de lui, mais je préférerais qu'il ne sût pas que je suis venue.

EUSÈBE (*la poussant à droite*). — Passez par ici ; la porte de l'escalier est en face. (*Chipolata sort par la droite. Eusèbe seul*). Flûte ! Et Pépin qui ne m'a pas encore rapporté mes effets !

SCÈNE IV

EUSÈBE, TRIPANETTE

TRIPANETTE (*entrant du fond*). — Ah ! vous voilà, monsieur le vicomte...

EUSÈBE (*se masquant avec la table*). — Excusez, monsieur Tripanette, je...

TRIPANETTE (*caractère jovial*). — Oui, oui, vous étiez en train de vous habiller pour venir signer le contrat. Je vois ça d'ici. Eh bien, tenez, je suis content de vous trouver comme ça... Je vois que vous n'êtes point mal bâti. (*Il lui tape sur le ventre*).

Eusèbe (*s'inclinant*). — Trop aimable, monsieur Tripanette... (*A part*). C'est insensé ce qu'il a des façons distinguées !

Tripanette. — Allons, allons, point de compliments. Je connais mon métier et puis voilà tout. Avec moi, d'ailleurs, point n'est besoin de faire des chichis. Je suis tout rond et je fais les affaires carrément. (*Il s'assied sur la table*).

Eusèbe. — C'est ça, monsieur Tripanette, ne vous gênez pas, faites comme chez vous. (*A part*). Ah ! quel beau-père, mon Dieu, quel beau-père ! (*Il s'assied sur la chaise*).

Tripanette, — Eh bien, voilà. Depuis ce matin, j'ai réfléchi, et je suis si content de ce mariage-là, que je mets 100,000 francs de plus sur la dot.

Eusèbe (*se levant d'un bond*). — 100,000 francs ! Ah ! monsieur Tripanette, vous n'êtes pas un charcutier pour moi, vous êtes un père !... (*Il l'embrasse*).

Tripanette. — Que voulez-vous, je suis comme ça, moi, le cœur sur la main, et la main dans la poche des autres... Non, non, dans la main des autres !...

Eusèbe. — Décidément, vous me comblez, et je ne sais comment vous remercier...

Tripanette. — Tiens, à propos de remerciements, je vas vous demander la permission, en échange des 100,000 francs, de coller votre blason sur mes jambons...

Eusèbe. — Comment, des jambons blasonnés !

Tripanette (*se levant*).— Parfaitement. Vous comprenez, avec une marque de fabrique comme celle-là, je double le chiffre de mes affaires.

Eusèbe (*à part*). — Voilà ce qui s'appelle avoir le génie du commerce !

Tripanette. — Alors, c'est entendu, hein ? En plus de la dot, je vous donne 100,000 francs pour le petit coup de tampon ?

Eusèbe. — 200,000 et je vous fais faire un cachet en or.

Tripanette. — C'est dit ! A tout à l'heure, mon gendre, pour la signature du contrat ! (*Il sort par le fond*).

SCÈNE V

EUSÈBE (*seul*)

C'est égal, je pourrai dire que j'aurai une femme et un beau-père pas ordinaires !... Ce qui m'embête le plus, c'est que je verrai les armes de mes ancêtres s'étaler sur des jambons, et que je serai cocufié à tire-larigot ! Enfin du moment que Chipolata paie mes dettes et qu'elle m'assure 50 francs par jour... Mais que fait donc Pépin ? ... Je commence à en avoir assez, moi, des réceptions en caleçon... Sans compter que j'attends mon déjeuner avec un appétit de cannibale. (*Il va vers la porte du fond. Celle-ci s'ouvre au même moment*).

SCÈNE VI

EUSÈBE, PHRYLAR-OUSSY, Deux Indiens

Eusèbe (*épouvanté, allant s'aplatir contre le décor*). — Terre et cieux ! Je parle de cannibales ! En voilà !...

Phrylar (*entrant du fond, suivi des deux Indiens. Il tient une badine à la main*). — Moi pas cannibale ; moi chef indien et savoir parler francir. (*Les deux Indiens se tiennent au fond, de chaque côté de la porte. Ils sont costumés et grimés en Peaux-Rouges*).

Eusèbe (*à part*). — J'y suis ! C'est un de mes créanciers qui a passé une traite en Amérique, et ces brigands de Peaux-Rouges viennent faire la traite des blancs. Je vais me faire passer pour mon domestique, et ils vont s'en aller.

Phrylar (*ayant examiné le costume d'Eusèbe pendant l'aparté de celui-ci*). — Toi, vilain costume, toi esclave.

Eusèbe. — Comment, esclave !... Domestique, voulez-vous dire.

Phrylar. — Oui, toi esclave de Sa Grandeur le vicomte de Courlatune. (*Il s'incline et allonge les bras*).

Les deux Indiens (*même mouvement*). — Aya barka ! Aya barka !

Eusèbe. — Parfaitement; moi domestique de Sa Grandeur (*Il salue de la même façon*). Et vous demandez ?

Phrylar. — Toi prévenir Sa Grandeur Courlatune, que moi, Phrylar-Oussy, vouloir parler.

Eusèbe. — Impossible. Sa Grandeur le vicomte de Courlatune est absent... Mais si je peux le remplacer ?

Phrylar. — Toi, esclave, pas pouvoir...

Eusèbe. — Enfin, de la part de qui venez-vous ?

Phrylar. — Toi, curieux, pas savoir.

Eusèbe (*à part*). — Zut ! alors ! Je ne peux pourtant plus lui dire, à présent, que je suis Sa Grandeur le vicomte !

Phrylar. — Toi donner coup de main à esclaves pour monter bagages.

Eusèbe (*A part*) Comment, monter bagages ! Ils vont donc s'installer ici ?

Phrylar. — Toi obéir, ou moi faire mettre aux fers ! (*Il le menace de sa badine*).

Eusèbe. — Ah ! mais pardon, pardon. Nous sommes en France, ici ! L'esclavage est aboli depuis des siècles !

Phrylar. — Moi rétablir ! (*Il fait signe aux deux Indiens*).

Les deux Indiens (*saisissant Eusèbe et l'entraînant au dehors*). — Aya gouda ! Aya gouda !

Eusèbe (*se débattant et criant*). — J'ai un contrat à signer, moi ! Je ne vous connais pas !... Il y a erreur !... Je vais vous faire arrêter !

SCÈNE VII

PHRYLAR-OUSSY, PÉPIN

PHRYLAR (*seul*). — Pas dociles, esclaves francirs... Pays mal civilisé...

PÉPIN (*entrant de gauche, toujours vêtu des effets du vicomte, des vêtements sur le bras. — Enfin, me voilà!... (Il aperçoit Phrylar et laisse tomber les vêtement. A part*). Jésus ! ma mère ! Qu'est-ce que je vois là ! (*Il s'affaisse lui-même*).

PHRYLAR (*s'inclinant*). — Moi, Phrylar-Oussy, saluer en vous Sa Grandeur Vicomte de Courlatune.

PÉPIN (*à part*). — Hein ! Petit-Lard-Roussi !... Ma Grandeur ! C'est sûrement un créancier étranger, et il me prend pour M. le vicomte. (*Haut*). Vous repasserez demain... Je n'ai pas d'argent. (*Il ramasse les vêtements*).

PHRYLAR. — Moi pas vouloir d'argent, moi en apporter !

PÉPIN. — Hein ! Vous apportez de l'argent, vous ! Eh bien, voilà quelque chose d'extraordinaire chez nous !

PHRYLAR. — Moi venir annoncer à Votre Grandeur la mort de Sa Majesté Montardif et remettre héritage.

PÉPIN (*à part*). — Montardif ! mais c'est le parent de M. le vicomte ! Chouette, alors nous héritons ! (*Il commence un pas de danse*).

PHRYLAR. — Vous pas chagrin... Mauvais cœur !

PÉPIN. — Pardon ! Pardon ! c'est comme ça qu'on pleure en France. Dites donc, Monsieur Petit-Lard-Roussi, attendez un instant. Je vais donner des ordres à mes gens pour vous recevoir avec tous les honneurs qui vous sont dûs. (*A part*). Il faut que je prévienne M. le vicomte ... Mais où est-il ? Un héritage et un mariage ! Ah ! bon Dieu ! quelle noce ! Tra, la, la... (*Il sort par la droite. en chantant et en dansant*).

PHRYLAR (*seul*). — Moi pas comprendre chagrin francir... Décidément, peuple pas encore civilisé... Moi surveiller esclaves monter bagages. (*Il sort par le fond*).

SCÈNE VIII

EUSÈBE, LES DEUX INDIENS

EUSÈBE (*entrant de gauche, portant une caisse sur son dos, suivi des deux Indiens chargés également de caisses ou ballots. A part*). Quelle aventure, mes aïeux, quelle aventure ! Me voilà portefaix, à présent ! (*Il pose sa caisse à terre ; les deux Indiens l'imitent et lui laissent tomber un colis sur le pied. Eusèbe pousse un cri et fait quelques pas à cloche-pied*).

LES DEUX INDIENS (*riant et criant*). — Hi ho ! Hi ho ! hi ho !... Yo yo pari paton ! (*Ils sortent par le fond*).

EUSÈBE (*seul, imitant le jeu des Indiens*). — Yo yo pari paton ! (*Avec violence*). Ah ! mais je trouve que la plaisanterie a assez duré, moi ! Et je m'en vais aller prévenir la police (*Remarquant les vêtements rapportés par Pépin*). Hein ! des vêtements ! Pépin est donc rentré ! (*Endossant les vêtements*). En attendant qu'il me rende mes effets, je vais toujours endosser ceux-là... Pourvu qu'il n'y ait pas de puces dedans, encore !

SCÈNE IX

EUSÈBE, PÉPIN

PÉPIN (*entrant de droite en gambadant*). — Tra, la, la, la...
EUSÈBE. — Ah ça ! Est-ce que tu te moquerais aussi de mon infortune, toi ?

PÉPIN. — Monsieur le vicomte ne sait donc pas... Tra, la, la, la...

EUSÈBE. — Tout ce que je sais, c'est que je suis tombé au pouvoir de trois Peaux-Rouges qui me font coltiner des ballots. Ils font la traite des blancs...

PÉPIN. — Tra, la, la, la !

EUSÈBE (*impatienté*). — Enfin ! m'expliqueras-tu pourquoi tu danses et tu chantes en me voyant condamné à l'esclavage ?

PÉPIN. — Mais ces ballots que vous avez coltinés, ces ballots sont une fortune.

EUSÈBE. — Une fortune ! Je ne m'étonne pas qu'ils soient si lourds, alors !

PÉPIN. — Ces ballots, monsieur le vicomte, sont l'héritage de votre parrain !

EUSÈBE (*suffoqué*). — Hein !... Héritage !... Parrain !...

PÉPIN. — Oui, il paraît que le comte de Montardif est mort. Petitlard-Roussi est son exécuteur testamentaire. Il m'a pris pour monsieur le vicomte et m'a fait part de sa mission.

EUSÈBE. — Ah ! sapristi ! Quelle nouvelle ! (*Il commence un pas de danse, puis s'arrête subitement en regardant Pépin*).

PÉPIN. — Allez-y, monsieur le vicomte, allez-y !

EUSÈBE (*dignement*). — Pépin, je te défends de tourner mon chagrin en ridicule !

PÉPIN. — A propos de ridicule, est-ce que monsieur le vicomte se marie toujours avec mademoiselle Chipolata ?

EUSÈBE. — Jamais de la vie ! Maintenant que Ma Grandeur est riche, elle ne condescendra pas à accepter la main de la fille d'un charcutier. (*Bruit à la cantonnade*). Attention, voilà les Peaux-Rouges. Continuons à jouer nos rôles : Toi, le vicomte, moi ton domestique.

PÉPIN. — Ne craignez rien. Je vais vous faire un vicomte à la hauteur !

SCÈNE X

LES MÊMES, PHRYLAR-OUSSY, DEUX INDIENS, puis RABY-GONETH, LYMA-BOUFBOUF, NUNU-GRYMPAR

PHRYLAR (*entrant du fond, suivi des deux Indiens porteurs de nouvelles caisses. A Pépin, en montrant Eusèbe*). — Esclave paresseux... pas aidé camarades à monter bagages... (*Il menace Eusèbe de sa badine*).

PÉPIN (*à Eusèbe, avec autorité*). — Esclave paresseux, donne un coup de main aux serviteurs de Son Altesse, ou gare à tes reins !

EUSÈBE (*à part*). — Quel culot ! (*Il aide les deux Indiens à poser leurs caisses sur les autres et reste la main prise entre deux colis. Nouveau rire bruyant des Indiens. Secouant la main*). On ne dira toujours pas que ce sont des pince-sans-rire !

PHRYLAR (*à Pépin*). — Moi livrer maintenant à Votre Grandeur les trois derniers ballots. (*Il va à la porte du fond, de chaque côté de laquelle s'est placé un Indien, puis, d'un geste, fait entrer les trois Indiennes qui auront le visage couvert d'un voile épais.*)

PÉPIN (*à part*). — Comment, il appelle ça des ballots !

EUSÈBE (*à part*). — Eh bien ! c'est de plus fort en plus fort ! Voilà que j'hérite de trois femmes, à présent !

PHRYLAR (*présentant*). — Mademoiselle Raby-Goneth... Mademoiselle Lyma-Bouf-Bouf... Mademoiselle Nunu Grympar... favorites de Sa Majesté Monta-Tardivo.

LES INDIENS ET LES INDIENNES (*s'inclinant*). — Aya barka ! Aya barka !

PÉPIN (*aux Indiennes*). — Enchanté, mesdemoiselles, d'entrer en votre possession... Que puis-je faire pour vous être agréable ? Vous, Mademoiselle Raby-Gorneth ?

RABY-GONETH (*criant d'une voix gutturale*). — Aya dono mytar ! Aya dono mytar !

PÉPIN. — Vous demandez une guitare... Très bien, vous aurez de la guitare. (*A part*). C'est épatant, comme je comprends l'Indien, moi ! (*Haut*). Et vous, Mademoiselle Lyma-Boufbouf ?

LYMA-BOUFBOUF. — Aya rakine bébeur !

PÉPIN. — Ah ! ah ! vous, c'est une tartine de beurre... Et vous, mademoiselle Nunu-Grympar ?

NUNU-GRYMPAR. — Aya ponel bébu.

PÉPIN. — Un polichinelle barbu ! Ça va bien, vous aurez votre polichinelle. (*A part, récapitulant*). Voyons, la première demande un petit moutard, la deuxième une tartine beurrée et la troisième un polichinelle barbu comme un sapeur! Oh! mais, je m'en vais faire turbiner le vicomte, moi! (*Haut à Eusèbe*). Esclave, fais entrer ces dames à la salle d'honneur, et satisfais immédiatement à leur moindre désir.

EUSÈBE. — Oui, Excellence. (*Il ouvre la porte de droite.*

LES INDIENNES (*défilant en agitant les mains*). — Aya-ouli ! Aya-ouli?

EUSÈBE. — Oui, ne vous inquiétez pas, il y aura un lit. (*Les trois Indiennes sortent par la droite*).

PÉPIN (*bas à Eusèbe*). — Arrangez-vous des femmes, moi, je me charge du Riflard-Roussi.

EUSÈBE (*même ton*). — Dépêche-toi ; il faut que j'aille dégager ma parole chez Tripanette (*Il sort par la droite*).

PÉPIN (*à Phrylar*). — Si votre Altesse veut bien passer par là, je vais lui préparer un reçu de sa livraison. (*Il ouvre la porte de gauche. Phrylar et les Indiens sortent, ceux-ci en prenant la cadence du pas de gymnastique et en agitant les mains*).

SCÈNE XII

PÉPIN, puis LES DEUX INDIENS

PÉPIN (*seul, imitant les Indiens*). — Quelle grâce ! On dirait des singes !... Ça ne fait rien, je crois que nous allons tout de même en sortir à notre honneur... Voyons un peu ce que M. le vicomte fait par là... (*Il s'approche de la porte de droite et regarde par le trou de la serrure*). Ah ! qu'est-ce que je vois là !

Les deux Indiens (*entr'ouvrant la porte de gauche*). — Aya mouzouk ! Aya mouzouk !

Pépin (*sursautant et criant aux Indiens*). — Zut ! (*A part*). Ce qu'ils m'ont fait peur, ces espèces de mouzoucks-là ! (*Regardant de nouveau par le trou de la serrure*). Ah ! non, mais qu'est-ce que je vois là ! Il lui en donne, une leçon de guitare !... C'est comme le polichinelle, où diable a-t-il pu en dénicher un aussi vite que ça !... Si j'écoutais un peu ce qu'il leur roucoule. (*Il reste l'œil près de la serrure et les deux mains placées en éventail sur les oreilles*).

SCÈNE XII

PÉPIN, TRIPANETTE, puis CHIPOLATA

Tripanette (*entrant du fond et regardant Pépin. A part*). — Tiens, mon gendre qui est au téléphone... Comme on profite toujours des secrets des autres, je vais tâcher de saisir la communication. (*Il s'approche doucement de Pépin et tend l'oreille près du dos de celui-ci. Après un silence*). Je n'entends rien du tout.

Chipolata (*entrant du fond*). — Eh bien, voyons, monsieur le vicomte !

Pépin (*reculant, puis se redressant vivement*). — Voilà ! Voilà !

Tripanette (*se frottant le nez. A part*). — C'est égal, voilà un individu que j'aurai longtemps dans le nez !

Chipolata (*à Pépin*). — De quel droit, monsieur, écoutez-vous aux portes de mon futur mari ?

Pépin (*à part*). — Sapristi ! c'est la Chipolata ! *Haut*). Madame la vicomtesse se trompe, je... je n'écoutais pas, je...

Chipolata. — Qui êtes-vous, d'abord ?

Pépin. — Le serviteur de madame la vicomtesse.

Chipolata. — Où est M. le vicomte ?

Tripanette. — Oui, il ne se doute pas que le notaire attend pour le contrat !

Chipolata. — Conduisez-nous près de lui à l'instant même !

Pépin (*à part*). — Ah ! aïe ! aïe ! Si jamais elle le trouve en train de jouer de la guitare avec les trois déesses !

Chipolata. — Eh bien, vous n'avez pas entendu ?

Pépin (*à part*). — Si jamais elle attrape le polichinelle !

Chipolata. — Ah ! mais il est agaçant, ce domestique ! (*Elle va vers la porte de droite*).

Pépin (*la retenant*). — C'est impossible !

Tripanette. — Nous allons bien le trouver nousmêmes ! (*Il va vers la porte de gauche*).

Pépin (*les retenant alternativement*). — C'est impossible, je vous dis !... M. le vicomte subit une opération... Il est aux mains de trois spécialistes... (*Chipolata lui échappe et ouvre la porte de droite ; Tripanette celle de gauche*).

SCÈNE XIII

Les Mêmes, PHRYLAR-OUSSY, EUSÈBE, Deux Indiens, RABY-GONETH, LYMA-BOUFBOUF, NUNU-GRYMPAR

Tripanette (*reculant devant Phrylar-Oussy, qui rentre de gauche suivi des deux Indiens*). — Des sauvages ! Au secours ! Nous sommes perdus ! (*Il se laisse tomber sur une chaise. Eusèbe et les trois Indiennes sont rentrés de droite au même moment. Bousculade, cris, confusion*).

Chipolata (*à Eusèbe*). — Monsieur le vicomte, nos conventions vous laissant une entière liberté de conduite, je n'ai aucun reproche à vous faire. Je désire seulement connaître les personnes qui vous laissent pénétrer aussi avant dans leur intimité. (*Elle va aux trois Indiennes et relève leur voile ; celles-ci auront le visage barbouillé*).

PHRYLAR, LES DEUX INDIENS, LES TROIS INDIENNES (*avec de grands gestes*). — Aya mouzouk ! Aya mouzouk !

TRIPANETTE. — Ce n'est pas des têtes de femmes, ça, c'est des pots à couleurs !

EUSÈBE. — Trève d'appréciations, monsieur Tripanette, car en face d'une pareille situation, je suis le premier à retirer ma parole. Je n'épouse plus mademoiselle Chipolata.

PÉPIN. — Parfaitement ! nous n'épousons plus mademoiselle Chipolata !...

TRIPANETTE. — Hein ! Vous... Eh bien ! mes jambons ! Ils ne seront donc pas blasonnés !

SCÈNE XIV

LES MÊMES, LE COMTE DE MONTARDIF

LE COMTE (*entrant du fond*). — Où est-il, ce cher filleul ! Dans mes bras, Eusèbe, dans mes bras !

EUSÈBE. — Mon parrain ! (*A part*). Zut ! plus d'héritage!

PHRYLAR. — Sa Majesté Montardif !

LES INDIENS ET LES INDIENNES (*agitant bras et jambes*). — Aya barka ! Aya barka !

EUSÈBE. (*au comte, qui a calmé du geste les Indiens et les Indiennes.* — Cher parrain, nous qui vous croyions mort !

LE COMTE. — Non, disparu seulement. En deux mots, voici : Devenu, au cours de mon premier voyage, chef d'une tribu, dont Phrylar-Oussi et ces dames vous représentent ici la noblesse, je dus, en face d'une conspiration, fuir en abandonnant toutes mes richesses.

PHRYLAR. — Moi, apporter ici.

LE COMTE. — Oui, toi fidèle, merci !... Bref, à la suite de pérégrinations sans fin, me voilà de retour en

France... Mais pardon, y a-t-il indiscrétion à te demander quels sont... (*Il désigne Tripanette et Chipolota*).

Pépin (*bas à Eusèbe*). — Allez-y ! Chaud ! chaud ! pour
le mariage !

Eusèbe. — Je vous présente mademoiselle Chipolata,
ma fiancée... Monsieur Tripanette, mon futur beau-
père. (*Chipolata s'incline. Tripanette se confond en salutations*).

Le Comte (*bas à Eusèbe*). — Mais c'est une mésalliance ?

Eusèbe (*même ton*). — Je suis ruiné. Un million et je ne
me marie pas !

Le Comte. — Un million ! Non, non, ça va bien, marie-
toi. (*A Chipolata et à Tripanette*). Mademoiselle... Monsieur
... enchanté de votre entrée dans ma famille.

Tripanette. — Ah ! monsieur le Comte, le plus enchanté, c'est moi, car mes jambons seront blasonnés !
Il enlève le comte dans ses bras).

Le Comte. — Et maintenant, comme prélude au contrat, je vais vous faire exécuter par mes favorites le pas
des fiançailles ! (*Danse indienne par Raby-Goneth, Lyma-Boufbouf et Nunu-Grympar.*

RIDEAU

Grande Imprimerie de Meulun. — Auguste Réty.

EXTRAIT DU RÉPERTOIRE
Raphaël PARAULT

VAUDEVILLES EN UN ACTE

	HOMMES	FEMMES
La Fille du Médecin-Major	6	4
Les deux Victoires du Diable	2	2
Entre Amis	3	3
La Vengeance de Charlotte	3	2
L'Hôtel du Fusil qui rate	3	3
Les Femmes barbantes	3	3
L'Homme nature	2	2
La Traite des blancs	7	4
Les Secrets de l'alcôve	3	2
Une Alerte à la cantine	5	3
Les treize nuits de Pépinette	2	2
Diane aux bains	4	3
La Poudre de Ratatinette	2	2
Les Électrocutés	5	3
Les Femmes plotées	4	4
Les Filles de l'Enfer	4	4
Un Mari somnambule (avec H. Moreau)	2	2

COMÉDIE-BOUFFE

Les trois Fantabosses (5 actes et 7 tableaux)	TROUPE

DRAMES

	HOMMES	FEMMES
La Preuve (1 acte)	2	2
Diane d'Ermamor (1 acte, en vers)	2	1
Le Capitaine d'Anthenay (5 actes, 10 tableaux)	TROUPE	
Les Parias de l'honneur (5 actes)	»	
Le Sorcier de Naples (5 actes, en vers)	»	
L'Entrave (4 actes)	»	
La Fille de l'Émigré (3 actes, en vers)	»	

ROMANS

Le Capitaine d'Anthenay	3 volumes	
La Route douloureuse	5	—
Mazelli	1	—

www.ingramcontent.com/pod-product-compliance
Ingram Content Group UK Ltd.
Pitfield, Milton Keynes, MK11 3LW, UK
UKHW021048120726
13693UKWH00006B/2491